Enigma en la playa

por María Danader

ÍNDICE

INTRODUCTION

This book belongs to the ***IMPROVE SPANISH READING*** series specially written for those people who want to improve their Spanish level and vocabulary in a fun and entertaining way. Each book highlights every level's contents, from beginner to expert.

The stories are thought for people who are tired of reading books in Spanish without understanding them. Due to that, we have used a learning method based on the natural daily dialogues and expressions that, thanks to the summaries of each chapter, vocabulary index and the approach to the Spanish idiomatic culture, will get your Spanish to be more fluent.

At the end of the book you will find a downloadable audio link. Each story is recorded by a native Spanish speaker. With this audio, you can learn how to pronounce Spanish words properly while reading the novel.

The more advanced learning methods affirm that the most natural way of learning a language is close to the way children do. To that effect, these stories turn out to be perfect. It is not about understanding every word we are reading. It is not a reading and translating job. The real way of learning a language is understanding the context. We must be able to create an approximate idea of what the story is telling us, so later we can learn the vocabulary that will help us to find the needed words to express ourselves.

How do we use this learning method?

It is recommended to do a previous reading of the vocabulary before plunging oneself into the story, although this is not absolutely needed.

First of all, we will do a complete reading of each chapter. It does not matter if we do not understand everything we read; at the end of each chapter we will find a summary in Spanish and in English that will allow us to understand better what we have formerly read. If our comprehension has been good, we will continue with the next chapter; if it has not, we should read it again and check that now we understand the context better.

At the end of the reading we should do the comprehension activities that we can find at the end of the book.

We can play the audio while reading the book to improve our pronunciation or try to listen to the audio without reading the book and check if we understand everything. Either way, we will improve our Spanish language.

Throughout the stories we will find repeated topics, like greetings, meals, clothes, conversations in hotels and restaurants, addresses and descriptions of people that will help us interiorizing concrete and specific structures. These structures will be the base of the language knowledge in real situations.

ENIGMA EN LA PLAYA

(Por María Danader)

Capítulo uno

Mi nombre es Eduardo y tengo treinta años. Yo soy pintor y vivo en una casa cerca del mar.

La casa está en Remu, un pueblo de la costa valenciana. La casa tiene las paredes de piedra y las ventanas de madera blanca. Hay un jardín con una fuente de agua enfrente de la casa.

La casa pertenece a un señor de Valencia. Yo le pago el alquiler todos los meses. El propietario viene en coche hasta Remu a principios de mes. Entonces, él me llama al teléfono móvil para cobrar el alquiler.

El dueño habla poco. Parece que siempre tiene prisa. Él viste de gris y siempre lleva gafas de sol. Yo sé poco de su vida. Todos los meses, me dice que él quiere vender la casa pronto. Yo le digo que el próximo invierno, la compro. Él se alegra y me dice que me la vende barata. Parece que tiene mucho interés en venderla.

¡Ojalá yo tenga pronto el dinero! Pero aún tengo que ahorrar.

Es la casa de mis sueños. ¿Por qué digo que es la casa de mis sueños? Pues porque el día que veo el anuncio de esta casa en internet, sencillamente, me enamoro. Es lo que se llama *amor a primera vista.*

El salón es la habitación que más me gusta. Es muy grande y luminoso. El suelo es de madera y las paredes están forradas de papel. El papel está roto y se despega por las esquinas. En las paredes hay varias fotografías antiguas. Las fotografías son de sus antepasados. El dueño no quiere llevárselas.

En el centro del salón, hay una mesa de roble con dos candelabros. La mesa tiene cinco sillas de terciopelo azul, muy bonitas. En realidad, falta una. Yo no la encuentro por ningún sitio.

Junto al ventanal hay un piano y una estantería con libros viejos. El dueño tampoco quiere llevarse los libros. El dueño no quiere nada de esta casa.

El jardín también me gusta mucho. En el centro del jardín, hay una fuente, un olivo muy grande y un banco de madera donde yo leo por las tardes.

Por las mañanas, yo pinto cuadros. Mi estudio de pintura está en la buhardilla y tiene una ventana redonda por donde entra mucha luz.

Cuando tengo tiempo libre, me gusta leer, ver películas y caminar por la playa.

Yo veo el mar desde mi estudio. Por esa razón yo adoro esta casa. A veces, yo estoy mucho rato mirando el mar. Me encanta el mar. Me gusta pintarlo en distintas épocas. El mar tiene diferentes colores, según la estación del año.

En primavera, el mar es de color azul intenso. En esos meses, el sol ilumina el agua y parece que el agua brilla. Los primeros turistas empiezan a llegar en primavera, sobre todo en las vacaciones de Semana Santa. Algunas personas se atreven a bañarse, aunque algunos días llueve.

En verano, el mar es de color azul verdoso. Ese color es muy bonito. Durante los meses de verano, el sol brilla con fuerza. Entonces, yo dibujo la playa llena de sombrillas y toallas de colores. Hay familias que veranean en Remu y en la playa hay cubos, palas de juguete, flotadores y pelotas. Ver así la playa produce mucha alegría.

En otoño, el mar es de color gris. Hay pocas personas en la playa. Ya no hay sombrillas de colores, ni tampoco toallas, ni familias, pero hay gente que pasea por la orilla. Algunos cogen conchas y las guardan en sus manos.

En invierno, el agua del mar se oscurece. La arena se vuelve oscura y en el cielo solo hay alguna gaviota. Si yo digo que nadie pasea por la playa en invierno, miento. Todas las mañanas de invierno, un anciano pasea por la orilla. El mar en invierno parece dormido, excepto algún día que parece despertar de repente. El viento vuelve locas a las olas y esos días los pescadores guardan sus barcas y no salen a pescar.

En el pueblo, hay una historia de pescadores ahogados, que no vuelven a sus hogares. Hace años de esa catástrofe, pero en Remu cuando llueve la gente tiene mucho miedo.

Yo vendo mis cuadros en la tienda de Mercedes.

Mercedes es una señora mayor. Ella tiene el pelo blanco y los ojos azules. Le gusta pasear por la playa y comer helados.

En verano es cuando más cuadros vendo. A finales de agosto, la gente quiere llevarse un recuerdo de las vacaciones y compran mis lienzos.

Hoy es quince de septiembre y ya quedan pocas sombrillas en la playa.

Resumen capítulo uno

Eduardo tiene treinta años y él es pintor. Él vive en una casa que está en Remu, un pueblo en la costa de Valencia. La casa es muy grande y muy bonita. A él le encanta la casa y quiere comprarla. Eduardo le dice al dueño que en invierno compra la casa. Él aún no tiene el dinero para comprar la casa. Eduardo pinta el mar en todas las estaciones del año. En su tiempo libre le gusta leer, ver películas y caminar por la playa. Él vende sus cuadros en la tienda de Mercedes.

La gente de Remu tiene miedo a la lluvia porque hay una historia de pescadores ahogados una noche de tormenta.

Chapter one summary

Eduardo is thirty years old and he is a painter. He lives in a house that is in Remu, a town on the coast of Valencia. The house is very large and very beautiful. He loves the house and wants to buy it. Eduardo tells the owner that in winter he buys the house. He still does not have the money to buy the house. Eduardo paints the sea in all seasons of the year. In his free time, he likes to read, watch movies and walk along the beach. He sells his pictures in Mercedes´ shop.

The people of Remu are afraid of the rain because there is a story of drowned fishermen on a stormy night.

Capítulo dos

Mercedes no quiere que yo compre la casa. Ella dice que es demasiado grande para mí solo. Ella asegura que, en el pueblo, hay pisos mucho más bonitos y nuevos. Dice que la casa solo me va a dar problemas. Ella asegura que voy a tener que estar siempre reparándola, que las tuberías son viejas, que las tejas están rotas, que la madera está carcomida.

Y que además hay un rumor. Se dice que la casa está encantada.

Mercedes sabe que no creo en habladurías y no le sorprende que me eche a reír.

—¿No me crees? —dice mientras se pone la mano sobre el pecho, como en un juramento.—Al menos, puedes escuchar lo que se dice acerca de la casa de tus sueños.

—Ahora tengo prisa, doña Mercedes, pero le invito esta tarde a casa a tomar un café y me lo cuenta —le digo mientras coloco mis últimos cuadros en el escaparate.

—Y, ¿qué es eso que corre tanta prisa? —me interroga, mientras limpia con un trapo el mostrador de la tienda.

—Tengo que ir al pueblo de al lado a echar una carta a Correos. La carta es para mi amiga Victoria, que vive en Galicia —le respondo.

—¡Ah sí, tu amiga! —dice remarcando la palabra amiga—, yo pienso que ella tiene que estar aquí contigo porque los novios tienen que verse.

—¡Mercedes! Victoria no es mi novia, es solo una amiga —le digo cansado de que **siempre esté con la misma canción**—. Entonces, ¿le parece bien hoy a las cinco en mi casa, doña Mercedes?

Mercedes se pasa la mano por la frente como quien quiere alejar una duda o un temor.

—Vas a pensar que soy una vieja miedosa, pero es que esa casa...esa casa...ya sabes —dice sin acabar la frase.

—No, doña Mercedes, no sé qué manía tiene con no venir a mi casa. Yo creo que es momento de visitar mi casa. La espero a las cinco —le digo mientras salgo por la puerta sin dejarle opción a responder.

Conozco bien a Mercedes y ahora la imagino maldiciendo por lo bajo: "¡condenado chiquillo, te voy a dar un sopapo a ver si me haces caso!" Mientras camina de un lado a otro de la tienda, y coloca los objetos con cierta brusquedad, porque ella está nerviosa. No quiere venir a mi casa, pero estoy seguro de que esta tarde viene. Mercedes nunca falta a sus citas.

Resumen capítulo dos

Mercedes le aconseja a Eduardo que no compre esa casa porque es muy grande. Además Mercedes piensa que solo le va a dar problemas porque es vieja y necesita reparaciones. Le dice que él puede encontrar pisos más nuevos en el pueblo. También le dice que hay un rumor sobre la casa: la casa está encantada. Eduardo se ríe porque no cree en rumores.

Mercedes le dice que él debe escuchar la historia. Eduardo no puede escuchar la historia en ese momento, él debe ir al pueblo de al lado a echar una carta para su amiga Victoria. Eduardo le cita a las cinco en su casa para tomar el café y escuchar la historia. Mercedes no quiere ir a la casa porque le da miedo. Eduardo sabe que aún así irá.

Chapter two summary

Mercedes advises Eduardo not to buy that house because it is too big. In addition, Mercedes thinks that it will only give him problems because the house is old and needs repairs. She tells him that he can find newer flats in the village. She also tells him that there is a rumor about the house: the house is enchanted. Eduardo laughs because he does not believe in rumors.

Mercedes tells him he must listen to the story. Eduardo can not hear the story at that moment, he must go to a close town to write a letter for his friend Victoria. Eduardo meets her at five in his house to have coffee and listen to the story. Mercedes does not want to go to the house because she is afraid. Eduardo knows that he will still go.

Capítulo tres

El pueblo de al lado está muy cerca, a unos diez kilómetros. Es más grande que Remu y tiene la oficina de Correos, el centro de salud, una biblioteca y un cine donde ponen películas una vez a la semana.

Cuando yo llego a la puerta de la oficina de Correos, me doy prisa en poner el candado a mi bicicleta. Son las dos y cuarto y, según el horario, la oficina está a punto de cerrar.

Horarios de apertura

De lunes a viernes de 8:30 a 14:30

Sábado de 9:30 a 13:00

Domingo cerrado

Dentro de la oficina de Correos, yo busco la ventanilla de envío de paquetes y me coloco en la fila. Hay tres personas delante de mí.

Mientras espero mi turno para ser atendido, pienso en Victoria. Todas las semanas, suelo escribir a Victoria una carta. Le cuento la vida sencilla que tengo en Remu, que quiero vender muchos cuadros para poder comprar la casa de mis sueños. Ella responde pronto y me cuenta que está feliz trabajando en Lugo, que tiene muchos amigos y se lo pasa bien, aunque no le gusta el clima porque en Lugo hace más frío y llueve más que en Valencia.

El cumpleaños de Victoria es el veintidós de septiembre. Por eso le envío un regalo: una pulsera de conchas de la tienda de Mercedes. Yo sé que le va a gustar mucho porque a ella le encanta el mar, igual que a mí.

Miro el reloj, son las dos y veinticinco. Es mi turno.

La empleada mira su reloj. Antes de que diga que está a punto de cerrar, le doy los buenos días.

Yo: buenos días.

Empleada: buenas tardes, son más de las dos.

Yo: buenas tardes, quiero enviar este paquete a Lugo.

Empleada: ¿lo quieres enviar urgente o es un envío estándar?

Yo: ¿cuándo llega el envío estándar?

Empleada: en cuarenta y ocho o setenta y dos horas.

Yo: ¿en 48 o 72 horas? ¡Perfecto! Entonces, envío estándar, por favor.

Empleada: ¿tienes el formulario cumplimentado?

Yo: no, lo siento, esta es la primera vez que envío un paquete.

Empleada: puedes rellenarlo aquí mismo, si te das prisa. Solo tienes que rellenar los datos del remitente, es decir tú, y del destinatario, es decir, de la persona a la que envías el paquete. Si me das el paquete, voy a pesarlo mientras tú rellenas el formulario.

Yo: muchas gracias, aquí tienes el paquete.

Empleada: muy bien.

Me doy prisa en rellenar mis datos y los de Victoria, no quiero tener que volver mañana.

En menos de dos minutos, yo le entrego el formulario a la empleada de Correos.

Yo: aquí está el papel con los datos.

Empleada: muy bien, son tres euros con veinte céntimos, por favor.

Yo: aquí tienes. Muchas gracias por todo.

Empleada: de nada, este es tu resguardo.

Yo: gracias, buenas tardes.

Empleada: de nada, igualmente.

Las luces de la oficina de Correos se apagan. Yo me doy prisa por salir de allí.

Miro el reloj. Son las dos y treinta y tres y está empezando a llover. Con un poco de suerte, **caen cuatro gotas** y no me mojo. Tengo bastante hambre. Aún así, prefiero llegar a Remu y comer en mi casa. Yo tengo que ahorrar para comprar la casa.

Resumen capítulo tres

Eduardo llega al pueblo de al lado. Ese pueblo es más grande y tiene la oficina de Correos, el centro de salud, la biblioteca y un cine. Cuando Eduardo llega a la oficina de Correos está a punto de cerrar. La chica del mostrador le pregunta qué quiere. Eduardo envía un regalo a Victoria. Se suelen escribir con frecuencia.

Cuando él sale de la oficina de Correos está lloviendo. Eduardo tiene hambre pero prefiere llegar pronto a su casa y comer allí para ahorrar un poco de dinero para comprar la casa.

Chapter three summary

Eduardo arrives at the next town. That town is bigger and has the post office, the health center, the library and a cinema. When Eduardo arrives at the post office it is about to close. The girl at the counter asks him what does he want. Eduardo sends a gift to Victoria. They often write each other frequently.

When he gets out of the post office it is raining. Eduardo is hungry but prefers to arrive at his house soon and eat there to save some money to buy the house.

Capítulo cuatro

Miro por la ventana del salón: la tarde está gris. En Remu todavía no llueve pero hay una gran nube en el cielo.

El reloj de cuco del salón da las cinco. Mercedes debe estar a punto de llegar.

Cuando la primera gota de lluvia cae sobre el cristal, se oye el *ding-dong* del timbre de la puerta.

Mercedes: buenas tardes, Eduardo. Aunque de buenas tienen poco: menuda lluvia va a caer.

Yo: tranquila, Mercedes, seguro que la lluvia acaba pronto.

Mercedes: eso espero, si no me voy a tener que quedar aquí. Además, la historia que vengo a contarte tiene mucho que ver con la lluvia y tanta coincidencia me da bastante miedo.

Yo: otra vez con su miedo, Doña Mercedes. Bueno, vamos a tomar el café y me cuenta esa historia. Pero antes, voy a la cocina y **en un abrir y cerrar de ojos** vuelvo al salón.

Mercedes: esta bien, en el salón te espero, confío en que vuelves pronto. No me gusta estar aquí sola.

Cuando regreso al salón, veo que Mercedes está sentada junto a la chimenea. Me dirijo hacia allí y coloco la bandeja sobre una pequeña mesa.

Yo coloco las tazas de porcelana en la mesa y sirvo el café. Le ofrezco a Mercedes las pastas.

—Las pastas están deliciosas —le digo animándola a comer una.

La anciana extiende su mano y duda un momento si coger una de arándanos o una de chocolate. Al final, se decide por una de las pastas que tiene trozos de cacao.

—Eduardo, los hechos se remontan a hace mucho tiempo —dice Mercedes después de dejar la pasta sobre su plato y sacar un pañuelo de su bolso.

Un trueno y un relámpago indican que la tormenta está comenzando. Mercedes se calla. Pasan un par de minutos, Mercedes carraspea y se pone muy seria, incluso palidece un poco.

El cielo está tan gris que parece que la noche llega con adelanto. No sé muy bien porqué pero siento un escalofrío.

—Eduardo —trata de continuar Mercedes con voz temblorosa, pero vuelve a callarse debido a otro trueno. Este último le sobresalta tanto que Mercedes chilla del susto.

Me asomo a la ventana, hay muchas nubes en el cielo y el salón, ahora, está casi a oscuras.

—Tranquila, Mercedes —le digo—, voy a encender la luz.

—Sí, es mejor que enciendas la luz porque no se ve nada —me anima Mercedes que trata de disimular el miedo.

Sin embargo, le doy varias veces al interruptor, sin éxito: la luz no funciona, debido a la tormenta.

—Mercedes, voy a por un mechero para encender las velas del candelabro —le digo—, no tardo ni un minuto.

Alumbro el pasillo con la luz de la linterna del móvil y camino hasta la cocina. Llueve cada vez con más fuerza y el agua de la lluvia se mete por la ventana de la cocina que, por un descuido mío, está abierta. La cierro y trato de darme prisa porque sé que Mercedes está muy asustada. Abro varios cajones hasta que encuentro el mechero y vuelvo al salón.

—Aquí está el mechero —anuncio triunfante—. Ahora mismo enciendo las velas e ilumino el salón. ¿Lo ve, doña Mercedes? Ya está solucionado.

El salón, con las velas de los candelabros encendidas, tiene un aspecto fantasmal, pero no quiero decirle nada a Mercedes para que no vea justificados sus miedos. A ratos, un trueno explota en el cielo y las llamas de las velas vibran. Las sombras de Mercedes y la mía se proyectan en la pared. Parecemos dos fantasmas.

Mercedes *hace de tripas corazón* y comienza el relato.

Resumen capítulo cuatro

Mercedes llega a casa de Eduardo a las cinco, justo cuando empieza a llover. Mercedes saluda a Eduardo y le dice que tiene miedo porque la historia que viene a contarle está relacionada con la lluvia. Tanta coincidencia le asusta. Eduardo la tranquiliza. Sin embargo, cada vez está más oscuro. Los truenos asustan a Mercedes. Eduardo quiere encender la luz pero no hay por la tormenta. Eduardo va a la cocina a buscar un mechero para encender velas e iluminar el salón. Cuando vuelve las enciende y piensa que el salón tiene un aspecto fantasmal.

Mercedes comienza su relato.

Chapter four summary

Mercedes arrives at Eduardo's house at five o'clock, just when it starts to rain. Mercedes greets Eduardo and tells him that she is afraid because the story she has to tell him is related with the rain. So much coincidence scares her. Eduardo calms her down. However, it is becoming darker. The thunder scares Mercedes. Eduardo wants to turn on the light but there isn´t any because of the storm. Eduardo goes to the kitchen to find a lighter to light candles and illuminate the room. When he returns he turns them on and thinks that the room has a ghostly appearance.

Mercedes begins her story.

Capítulo cinco

Mercedes dice:

«Esta historia fatal que voy a contarte ocurrió un invierno de hace cincuenta años. Yo era una chiquilla por aquel entonces, pero no puedo olvidar ese día. Era un veinte de diciembre del invierno más frío y triste de mi vida.

Los pescadores del pueblo salieron con sus barcas a faenar. El verano fue escaso en pescado y las familias estaban empobrecidas. Las fechas de mayor consumo de pescado y marisco estaban cercanas y perder una sola jornada de trabajo era un desastre. Por eso, pese a que el farero anunció mar revuelta, ningún pescador con experiencia quedó en tierra. Tan solo los aprendices se quedaron en tierra, preparando las cajas y el hielo para cuando llegara la pesca.

Sin embargo, esa pesca no llegó nunca, se perdió en el mar.

Sobre las ocho de la tarde, el farero comenzó a lanzar luces de alarma. Lo sé porque yo miraba el faro esa noche. El farero estaba asustado, como todo el pueblo. No se pudo hacer nada. La tormenta se desató en alta mar y las barcas de los pescadores de Remu quedaron a la deriva.

Imagino la lucha de aquellos hombres, los intentos por enderezar sus barcas, sus lamentos, sus luchas por regresar sanos y salvos del temporal.

Amaneció triste en Remu. La gente se dirigió a la playa, a la orilla, y allí de pie estuvimos esperando que el mar nos devolviera a nuestros familiares.

La lluvia continuó durante dos días más. En el pueblo, cada vez teníamos menos esperanza. Cuando llegó la primera barca a la playa, vacía y rota, supimos que nadie se salvó. En cierta manera, todos nos ahogamos esa noche de tormenta. El pueblo ya nunca fue el mismo.

Te preguntas qué tiene que ver esta historia de pescadores ahogados con esta casa, ¿verdad, Eduardo?

Esta casa perteneció a la familia más rica de Remu. El abuelo del hombre al que le pagas el alquiler era un terrateniente muy adinerado. Era un hombre muy culto, le gustaba pasear por la playa con un bastón de marfil, vestido de traje. Tuvo dos hijos y quiso darles estudios.

El padre del dueño estudió Medicina, pero su hermano, Anastasio, no quiso estudiar. Él quiso ser marinero. El abuelo del dueño actual se opuso pero *no hizo carrera* de su hijo menor.

Anastasio se escapó de todos los internados, así que lo dejó en casa, con la esperanza de un cambio de actitud, por aburrimiento. Pero Anastasio no se aburría. También se escapó de la casa, a escondidas de su padre.

Y, esa noche de tormenta, Anastasio iba en una de las barcas. A esa conclusión se llegó cuando tras esa noche de tormenta, Anastasio tampoco apareció.

El padre de Anastasio no pudo con la pena, la tristeza casi le volvió loco, se marchó del pueblo y dejó la casa en manos de su otro hijo, es decir, del padre del hombre al que pagas el alquiler.

La casa estuvo mucho tiempo cerrada y contaron muchas historias sobre ella. La gente fue de noche y más de uno aseguró ver al fantasma de un marinero.»

Resumen capítulo cinco

Mercedes dice que hace cincuenta años, una tragedia dejó al pueblo consternado. Un veinte de diciembre, todos los pescadores de Remu, excepto los aprendices, salieron con sus barcas a pescar, por necesidad de dinero. El farero anunció mar revuelta. Sobre las ocho, el farero dio luces de alarma a causa de la tormenta. No hubo supervivientes. Todos se ahogaron.

La casa donde vive Eduardo perteneció a un rico terrateniente, que tuvo dos hijos. Uno de ellos estudió y era el padre del dueño actual de la casa. El otro, Anastasio, quiso ser pescador y su padre se opuso. La noche de la tormenta se escapó y murió ahogado también. Su padre muy triste huyó del pueblo y dejó la casa en manos del otro hijo.

Se cuenta que las noches de tormenta, aparece el fantasma del pescador muerto, en la casa.

Chapter five summary

Mercedes says that fifty years ago, a tragedy left the people in shock. On the twentieth of December, all the fishermen of Remu, except the apprentices, went out with their boats to fish, for the need of money. The lighthouse keeper announced rough sea. At about eight o'clock, the lighthouse keeper gave alarm lights because of the storm. There were no survivors. Everyone drowned.

The house where Eduardo lives belonged to a rich landowner, who had two children. One of them studied and was the father of the current owner of the house. The other, Anastasio, wanted to be a fisherman and his father opposed him. The night of the storm he escaped and he drowned as well. His very sad father fled the village and left the house in the hands of the other son.

It is said that on stormy nights, the ghost of the dead fisherman appears in the house.

Capítulo seis

Cuando Mercedes acaba de contar el relato, la lluvia cesa.

—Quizá debo irme ahora que ya no llueve —dice Mercedes, mientras se seca las lágrimas.

—No, no, espera, Mercedes, espera un momento. Tengo que hacerte alguna pregunta, no puedes irte ahora. Luego yo te acompaño a tu casa, o te quedas aquí a dormir — le insisto a Mercedes.

—Ni loca me quedo yo en esta casa a dormir y menos en una noche de tormenta —dice asustada.

—Entonces, ¿tú crees que es cierto lo del fantasma del marinero? ¿Crees que es el fantasma de Anastasio? — comienzo a interrogarla antes de que se vaya.

—Yo estoy segura, ¿no te das cuenta? Ni siquiera la familia quiere esta casa. El dueño, ¿no está deseando venderla?

—Sí, y tampoco quiere llevarse las fotos, ni los libros, ni los muebles, nada de nada. Pero yo creo que es por el recuerdo que le trae, la tristeza que le produce —le explico a Mercedes.

—El dueño nunca conoció ni a su abuelo ni mucho menos a su tío. Él heredó esta casa cuando su padre falleció. La casa y el fantasma, claro. Es una suerte para él que tú quieras comprarla. Nadie quiere una casa encantada —me dice Mercedes.

—Yo no siento ese encantamiento —le aseguro a Mercedes mientras miro a mi alrededor en busca de alguna señal. —¿Quién vivió aquí antes que yo? —le pregunto.

—Nadie. Eres la primera persona que vive en la casa después de la tragedia —dice mirándome a los ojos fijamente.

La luz de las velas se apaga. Yo siento un escalofrío.

—Espera aquí otra vez, Mercedes, voy a ir a por unas velas nuevas —le digo.

—¿Otra vez la tormenta? La ocasión de irme a casa se esfumó —dice Mercedes enfadada—. Mi perro debe estar impaciente, ¡pobre Bobby!

—No te impacientes, Mercedes, no le va a pasar nada a Bobby. Ahora regreso con las velas y luego   te acompaño a casa, te lo prometo —intento tranquilizarla.

Me dirijo a la cocina. Ilumino otra vez el pasillo con la luz del móvil pero la luz es muy tenue porque me queda muy poca batería. Justo cuando entro en la cocina, la luz del móvil se apaga y me quedo a oscuras.

Conozco de memoria la cocina y tanteo los muebles hasta llegar al cajón donde guardo las velas. Por suerte hay otro encendedor al lado y puedo encender la vela para volver.

Recorro el pasillo y vuelvo al salón.

—¿Lo ve? Ya estoy aquí —.digo sonriendo— .¿Mercedes? ¿Mercedes? ¿Dónde está?

Resumen capítulo seis

Cuando Mercedes termina de contar la historia, deja de llover y ella piensa en irse ya. Eduardo le dice que espere porque él quiere hacerle unas preguntas acerca del relato. Eduardo le pregunta si ella cree esa historia. Mercedes le dice que está segura de que la casa está encantada porque el actual dueño no quiere nada de la casa, ni las fotos, ni los libros, nada. El dueño heredó esta casa cuando su padre falleció. Él heredó la casa y el fantasma.

Las luces de las velas se apagan. Vuelve la tormenta y Mercedes piensa en su perro, que está solo. Eduardo va a por nuevas velas e ilumina el pasillo con su móvil pero justo cuando llega a la cocina se apaga porque el teléfono móvil no tiene más batería. Como conoce de memoria la cocina, coge las velas y vuelve. Una vez en el salón se da cuenta de que Mercedes está desaparecida.

Chapter six summary

When Mercedes finishes telling the story, it stops raining and she thinks about leaving now. Eduardo tells her to wait because he wants to ask her some questions about the story. Eduardo asks her if she believes that story. Mercedes tells him that she is sure that the house is enchanted because the current owner does not want anything from the house, nor the photos, nor the books, nothing. The owner inherited this house when his father died. He inherited the house and the ghost.

The candle lights go out. The storm returns and Mercedes thinks of her dog, who is alone. Eduardo goes for new candles and illuminates the corridor with his cell phone but just when it reaches the kitchen it turns off because it has no battery. As he knows the kitchen by heart, he takes the candles and returns. Once in the living room he realizes that Mercedes is missing.

Capítulo siete

Mercedes está desaparecida.

Ilumino cada parte del salón mientras digo el nombre de Mercedes. La lluvia cae sobre el cristal de la ventana. El viento es muy fuerte. Yo busco a Mercedes por todo el salón pero no la encuentro.

Pienso que igual tuvo ganas de ir al servicio y está allí. Ese pensamiento me tranquiliza un poco. Yo voy al lavabo. Ilumino la estancia con la vela. Mercedes tampoco está en el lavabo. Me estoy empezando a poner muy nervioso. Llueve mucho y dudo que Mercedes se vaya así. Igual estaba tan preocupada por su perro que se *lió la manta a la cabeza* y se fue.

Yo camino hasta la puerta de la entrada. Los goznes chirrían al abrir la puerta. Llueve tanto que es imposible que Mercedes esté ahí fuera caminando hacia su casa.

Cierro la puerta, vuelvo al salón y miro el sillón donde Mercedes estaba sentada hasta hace un rato. Todavía la tela guarda su forma y su bolso está en el suelo, justo donde lo dejó. La taza del café está a medias y una pasta medio comida. La servilleta está doblada junto a la taza.

—¿Mercedes dónde está? Nada de jugar al escondite, por favor —digo poco convencido, algo me dice que ella no está jugando a nada. Esto es más serio de lo que parece.

Pienso en llamar por teléfono y dar parte de que Mercedes está desaparecida, pero el móvil está sin batería. Además no hay corriente eléctrica debido a la tormenta, así que no puedo enchufar el móvil. Tampoco puedo aventurarme a salir así con la lluvia tan fuerte que está cayendo.

Además, puede que sospechen de mí. Igual creen que soy yo el causante de la desaparición de la mujer. Al fin y al cabo soy un forastero, ¿por qué tienen que creerme? La gente del pueblo siempre me mira raro. Alguno piensa que soy un excéntrico, un joven que pinta en un pueblo de pescadores, de gente que se deja la vida en el mar.

Tengo que pensar en algo. Me dirijo a la cocina y cojo todas las velas del cajón. Hay diez velas. Las voy a ir encendiendo una tras otra, tengo que encontrar a Mercedes como sea.

—¡Mercedes! ¡Por el amor de Dios, aparezca! ¡Diga algo!

Resumen capítulo siete

Mercedes está desaparecida. Eduardo la busca en el salón, pero no está. Piensa que igual Mercedes quiso ir al servicio. Eduardo la busca en el servicio pero tampoco está. Él piensa que igual Mercedes se fue de la casa porque estaba preocupada por su perro. Va hasta la puerta, la abre y al ver que llueve tanto, piensa que Mercedes no se ha podido ir así. Al volver al salón ve que todas las cosas de Mercedes están donde las dejó. Eduardo coge todas las velas que tiene y la sigue buscando por toda la casa.

Chapter seven summary

Mercedes is missing. Eduardo looks for her in the living room, but she is not there. He thinks that maybe Mercedes wanted to go to the toilet. Eduardo looks for her in the toilet but she is not there either. He thinks that Mercedes left the house because she was worried about her dog. He goes to the door, opens it and when he sees that it rains so much, he thinks that Mercedes has not been able to go like that. When he returns to the living room, he sees that all Mercedes´ things are where she left them. Eduardo takes all the candles he has and keeps looking for the whole house.

Capítulo ocho

Amanece. Estoy muy cansado y muy preocupado: Mercedes sigue desaparecida. Después de estar toda la noche buscando a Mercedes, estoy abatido, sin esperanza.

Miro el reloj. Son las siete de la mañana. La tienda de Mercedes abre a las nueve, dentro de un par de horas. A las nueve, la gente va a empezar a acudir a la tienda.

Entonces, la gente va a empezar a preguntar por ella. Tal vez alguna amiga decida ir hasta su casa a ver si Mercedes está enferma o qué le pasa. Entonces, van a ver que no está. Alguien va a ver a su perro solo. Todo el mundo sabe que ella no abandona a su perro. En ese momento, van a descubrir que Mercedes está desaparecida.

Pienso que tengo que coger al perro de Mercedes y traerlo aquí. De esta manera al ver la casa de Mercedes sin su perro, nadie va a sospechar nada. Van a pensar que Mercedes está de viaje.

Miro el bolso de Mercedes y busco la llave de su casa. Ahí está, en el llavero. La guardo en mi bolsillo y me marcho.

Salgo de mi casa muy inquieto, pero con la intención firme de coger el perro de Mercedes. Por suerte es un perro pequeño y lo puedo traer en brazos. Así puedo ir más rápido.

Es temprano y aún no hay nadie por la calle. Las aceras está mojadas y hay bastantes charcos. Sin querer piso uno y se me moja la bota y el calcetín.

Cuando llego a casa de Mercedes, me quito las botas porque no quiero dejar huellas en el suelo. Si esto se pone aún más serio y encuentran las huellas de mis botas en la casa de una desaparecida, van a sospechar de mí.

Bobby sale a recibirme. Por suerte, el perro me conoce y no duda en venir conmigo. Le noto muy triste y preocupado. Parece que el perro intuye que algo pasa con su dueña.

—Tranquilo, Bobby, pronto vas a estar con Mercedes —le digo mientras paso mi mano por su cabeza. El perro me lame la mano en un gesto de confianza.

Salgo de casa de Mercedes y me calzo las botas. Miro a ambos lados de la acera por si alguien pasa, pero no hay nadie. Respiro aliviado. Guardo las llaves de Mercedes en el bolsillo y cojo en brazos a Bobby. El perro tiene frío y tirita así que decido meterlo dentro de mi abrigo. Trato de darme toda la prisa que puedo y rezo por no encontrarme a nadie por la calle.

Llego a mi casa exhausto y tras cerrar la puerta me apoyo en la madera. Pienso en cómo mi vida se complica por momentos. Pienso en Victoria, seguro que ella sabe qué tengo que hacer. Y si llega a pasar algo malo, si me acusan de algo, Victoria es la única persona que va a ***remover Roma con Santiago*** por defender mi inocencia. En cuanto vuelva la luz, enchufo el móvil para cargar la batería y la llamo.

Resumen capítulo ocho

Al amanecer, Mercedes sigue desaparecida. Eduardo está muy preocupado. Son las siete de la mañana. La tienda de Mercedes abre a las nueve. Eduardo piensa que las personas van a ir a la tienda y van a ver que hoy no abre. Van a empezar a preguntar por ella. Van a ir a su casa y al encontrar al perro solo, van a pensar que a Mercedes está desaparecida. Puede que la gente sospeche de él. Eduardo decide que va a ir a casa de Mercedes a coger a Bobby. Así lo hace. Cuando vuelve a casa con el perro piensa en que si todo se complica y que si lo acusan de algo, Victoria es la única persona de confianza y que ella va a defenderle.

Chapter eight summary

At dawn, Mercedes is still missing. Eduardo is very worried. It's seven in the morning. Mercedes´ store opens at nine. Eduardo thinks that people are going to go to the store and they will see that today it does not open. They're going to start asking about her. They will go to her house and when they find the dog alone, they will think that Mercedes is missing. Maybe people suspect him. Eduardo decides that he will go to Mercedes's house to pick up Bobby. He does so. When he returns home with the dog, he thinks that if everything gets complicated and if they accuse him of something, Victoria is the only person he can trust and that she will defend him.

Capítulo nueve

Bobby salta de mis brazos hacia el suelo. Parece que al perro no le da miedo esta casa, pienso. Bobby comienza a oler el suelo y a ladrar como un loco. Le cojo en brazos de nuevo para calmarle.

—Ven, toma un poco de comida —le digo mientras abro la nevera y busco algo de carne.

El perro acaba la comida rápidamente. Se dirige hacia el salón oliendo las baldosas del pasillo, al llegar al umbral de la puerta del salón, se queda quieto. Se sienta y luego corre hacia el sillón donde Mercedes, la noche pasada, me contó la historia de la casa encantada.

Al final, va a resultar ser cierto que mi casa está encantada, tal y como Mercedes me dijo ayer. Este pensamiento me genera miedo. Puedo enfrentarme con un ladrón, pero no puedo enfrentarme con un fantasma. Un fantasma que coge a la gente y la hace desaparecer.

Mientras el perro huele el bolso de Mercedes, chupa la taza y se come el trozo de pasta, yo pienso en que no es posible que un fantasma haga desaparecer a nadie. Mercedes debe estar en algún sitio.

Me acerco hasta el perro y le acaricio mientras le digo ¿qué podemos hacer? El perro me mira y tuerce la cabeza. A juzgar por su mirada atenta, parece que me entiende.

Al momento siguiente *el mundo se me viene encima*: alguien golpea la puerta. Rápidamente escondo a Bobby en un pequeño cuarto que hay junto al salón. Le digo al perro que ahora debe estar muy quieto y no hacer ruido. No sé quién puede ser a estas horas, pero me temo lo peor. Empiezo a imaginar que es la policía, que se me acusa de la desaparición de Mercedes.

Abro la puerta. Todos mis temores desaparecen. Es Juan, el encargado de la línea eléctrica del pueblo.

Juan: buenos días, Eduardo, vaya noche la de ayer, ¿eh?

Yo: buenos días, Juan, ni que lo digas, fue una noche espantosa, ¡qué manera de llover!

Juan: imagino que por aquí también se fue la luz, como en el resto del pueblo.

Yo: así es, con la tormenta la luz dejó de funcionar y tuve que encender unas velas.

Juan: pues si me dejas buscar el cuadro eléctrico de la casa, tengo que hacer unas comprobaciones para la reparación.

Yo: ¿aquí?, quiero decir, ¿tienes que pasar dentro?, ¿ahora?

Juan: bueno, si no quieres me voy a otra casa, pero ya hasta mañana no vuelvo.

Yo: no, sí, quiero decir, pasa, pasa, claro.

No sé porqué le dejo pasar, me estoy arrepintiendo, puede que encuentre al perro de Mercedes. Estoy metido en un lío, pero sólo puedo seguirle la corriente.

Juan: a ver, si me indicas dónde está, no tardo ni dos minutos.

Yo: pues si te soy sincero, no sé dónde está.

Juan: ah mira, está justo aquí, al lado de la escalera. Esta casa lleva sin gente muchos años. En fin, yo me marcho ya.

Yo: muy bien, Juan, entonces ¿ya tengo luz?

Juan: no, espera unos minutos y das la luz.

Yo: vale, muy bien. Muchas gracias, Juan.

Juan: que tengas un buen día, Eduardo.

Cuando Juan sale de la casa respiro aliviado. Abro la puerta del cuarto donde oculté a Bobby y este sale corriendo.

Justo en frente del salón están las escaleras por las que se puede subir al piso de arriba. El perro ladra. Se sienta en el suelo. Mueve sus patas, trata de escarbar el suelo.

Resumen capítulo nueve

Bobby comienza a oler el suelo y a ladrar como un loco cuando llega a la casa. Eduardo lo coge en brazos y le ofrece comida. El perro se la come y sigue oliendo el suelo. Se dirige hasta el salón, hasta el lugar donde están las cosas de Mercedes. Por un momento Eduardo piensa que la casa está realmente encantada y que hay un fantasma que hace desparecer a las personas.

Alguien golpea en la puerta de la casa y Eduardo esconde al perro en un pequeño cuarto junto al salón. Es Juan, el encargado de la línea eléctrica del pueblo. Él viene a arreglar la luz. Una vez se marcha, Eduardo saca al perro del cuarto y este se queda quieto junto a las escaleras. El perro mueve las patas, parece que quiere escarbar el suelo.

Chapter nine summary

Bobby starts smelling the floor and barking like he is crazy when he gets home. Eduardo picks him up and offers him food. The dog eats it and continues to smell the floor. He goes to the living room, to the place where Mercedes´ things are. For a moment Eduardo thinks that the house is really enchanted and that there is a ghost that makes people disappear.

Someone knocks on the door of the house and Eduardo hides the dog in a small room next to the living room. It's Juan, the person in charge of the town's power line. He comes to fix the light. Once he leaves, Eduardo takes the dog out of the room and he stays still by the stairs. The dog moves its legs, it seems that it wants to dig the floor.

Capítulo diez

Trato de apartar a Bobby del lugar donde está y me gruñe. El perro da golpes en el suelo, con su pata delantera en una de las baldosas.

¿Está ahí abajo Mercedes? Me pregunto.

No es posible porque no hay forma de acceder al subsuelo. Esta casa no tiene sótano ni nada parecido. A no ser que…

¡Muy bien Bobby! ¡Bravo por ti! ¡Eres un perro muy listo!

Trato de imaginar los pasos que Mercedes siguió ayer, a oscuras. Tal vez ella buscó la cocina .

Sí, seguramente, se levantó del sillón y se dirigió hacia aquí. Voy tocando todo, los marcos de las puertas, los pomos, la pared, hasta que tropiezo con el voladizo de la escalera, una tabla que sobresale. En ese momento, se abre un compartimento, hasta ese momento oculto, debajo del hueco de la escalera.

Doy la luz del pasillo para ver mejor esa parte de la casa. Afortunadamente, la luz vuelve a funcionar. Cuando miro dentro del hueco veo a Mercedes.

—¡Dios mío! ¡Mercedes! —exclamo asombrado.

La muevo para despertarla. La zarandeo sin éxito. Bobby le lame la mano y la mujer abre los ojos.

—¿Qué estoy haciendo aquí? —me pregunta extrañada—¿Qué hora es? ¡Bobby, querido perrito mío!

—Pero Mercedes, ¿cómo llegó hasta aquí? — le digo en tono alarmado.

—Me duele mucho la cabeza, ¿tienes una pastilla? Pero antes ayudame a salir de aquí. Anoche buscando la cocina, para decirte que me iba, que mi perro estaba solo, no sé cómo acabé aquí, ni lo recuerdo. La cuestión es que cuando quise salir de este cuarto la puerta estaba cerrada y no hubo forma de abrirla. Chillé pero no me oías, los truenos eran más fuertes que mi voz —me cuenta mientras la cojo del brazo y le ayudo a salir.

—¡Menudo susto, doña Mercedes! Imagino que luego le entró mucho sueño —le digo a la anciana—. Bueno ahora eso da lo mismo, le aconsejo sentarse en el sillón y no levantarse, esta casa es un misterio. Le voy a preparar el desayuno.

—Tranquilo, ahora que Bobby está aquí ya no me muevo hasta la hora de abrir la tienda — ríe la anciana—, aunque antes quiero pasar por mi casa a cambiarme de ropa.

En la cocina, preparo unas tostadas con mermelada y un chocolate caliente para Mercedes. Vuelvo al salón y se lo sirvo.

—Gracias, querido Eduardo, tengo prisa por ir a casa pero antes voy a tomarme esta taza de chocolate caliente, no puedo resistirme a este olor —me dice mientras se coloca la servilleta en las rodillas.

Después de desayunar, le digo a Mercedes que la acompaño a casa y ella me dice que no, que de ninguna manera. Como Mercedes es una persona *de ideas fijas*, se marcha ella sola.

Ya en la puerta, la veo alejarse con su perro. Camina despacio, como quien no tiene prisa por nada en la vida. Bobby está feliz, va dando saltos de alegría. Yo también estoy feliz: Mercedes está sana y salva.

Resumen capítulo diez

Eduardo trata de apartar al perro del lugar pero el perro gruñe. Piensa que el perro sigue la pista de Mercedes. Eduardo trata de seguir los pasos que la mujer hace esa noche a oscuras, toca las paredes, los marcos. Eduardo tropieza con una parte de la escalera y se abre un compartimento secreto. Allí está Mercedes, dormida. Cuando Eduardo logra despertarla, la mujer le dice que le duele la cabeza y le explica que anoche al querer ir a la cocina para despedirse tropieza y acaba ahí, no sabe cómo.

Eduardo prepara el desayuno a Mercedes. Al terminarlo, se va a su casa a cambiarse de ropa antes de abrir la tienda. Eduardo la mira desde la puerta. Mercedes camina despacio con su perro como quien no tiene prisa por nada.

Chapter ten summary

Eduardo tries to push the dog away but the dog growls. He thinks that the dog keeps track of Mercedes. Eduardo tries to follow the steps that the woman makes that night in the dark, touches the walls, the frames. Eduardo stumbles over a part of the staircase and opens a secret compartment. There's Mercedes, asleep. When

Eduardo manages to awaken her, the woman tells him that her head hurts and explains that last night when she wanted to go to the kitchen to say goodbye, she stumbles and ends up there, she does not know how. Eduardo prepares breakfast for Mercedes. When finished, she goes home to change clothes before opening the store. Eduardo looks at her from the door. Mercedes walks slowly with her dog as if in no hurry for anything.

Capítulo once

Cuando Mercedes y su perro están muy lejos de la casa, yo cierro la puerta.

Voy hasta el compartimento secreto, cerca de la escalera, a inspeccionar el lugar. Tal vez, ese cuarto me puede venir bien. Parece un lugar sin humedades, ideal para almacenar mis cuadros sin deterioro.

Antes de volver a darle al tablón de madera que sobresale de la escalera, cojo una vela para alumbrar el lugar. Con la luz del pasillo no es suficiente.

Tengo que agacharme un poco para lograr entrar, el lugar es pequeño. Me sorprendo al encontrar la silla de terciopelo que falta en la mesa del salón. Luego voy a limpiarla un poco y a colocarla con las demás.

Sigo inspeccionando el lugar. Está lleno de sacos, parece que los sacos guardan cereal. Cojo los dos primeros sacos y los llevo fuera. Quiero ver qué hay dentro. Con una navaja los rasgo, y empieza a caer arroz.

Antes la gente guardaba cereal para pasar el invierno o incluso para períodos de hambre. Sin embargo, algo llama mi atención. Dentro del segundo saco hay una caja de cartón. La abro y el brillo de unas monedas de oro me deslumbra. También hay papeles. Al leer los papeles descubro que son facturas de venta de pescado. Las fechas se remontan a hace unos cincuenta años.

Parecen los ahorros de Anastasio, el hombre con vocación de pescador. El fantasma de la casa de mis sueños.

Mentalmente le agradezco a Anastasio estos ahorros: me van a venir muy bien para comprar la casa.

FIN

Resumen capítulo once

Eduardo inspecciona el compartimento secreto. Él piensa que esa habitación es un buen sitio para almacenar sus cuadros. Entonces él descubre que está lleno de sacos. También está la silla de terciopelo que falta en el salón. Al abrir los sacos, descubre que están llenos de arroz. También hay una caja. Al abrirla se encuentra monedas de oro y facturas de venta de pescado. Parece que son los ahorros de Anastasio. Eduardo va a utilizar las monedas de oro para pagar la casa.

Chapter eleven summary

Eduardo inspects the secret compartment. He thinks that this room is a good place to store his paintings. Then he discovers that it is full of sacks. There is also the velvet chair that is missing in the living room. When he opens the bags, he discovers that they are full of rice. There is also a box. When he opens it he finds gold coins and fish sale invoices. It seems that they are Anastasio's savings. Eduardo is going to use the gold coins to pay for the house.

.

VOCABULARIO/ VOCABULARY

A

Abandonar: to leave.

Abatido: dejected.

Abrigo: coat.

Abuelo: grandfather.

Aburrimiento: boredom.

Aburrirse: to get bored.

Acabar: to finish.

Acariciar: to caress.

Acceder: to access.

Acera/s: sidewalk/s.

Acerca de: about.

Acomodarse: to accommodate.

Acompañar: to accompany.

Aconsejar: to advise.

Acudir: to go to.

Acusar: to accuse.

Adelanto: advancement.

Además: in addition.

Adinerado/s: wealthy.

Adorar: to adore.

A escondidas: in hiding.

Afortunadamente: fortunately.

Agacharse:to bend down.

Agradecer: to thank.

Agua: water.

Ahogado/s: drowning.

Ahogarse: to drown.

Ahora: now.

Ahorrar: to save money.

Ahorro/s: savings.

Ahí: there.

A juzgar por: to judging by.

Alarma: to alarm.

Alarmado: alarmed.

Alegrar: to gladden.

Alegría: joy, happiness.

Alejar: to ward off.

Al final: at the end.

Alguno/s: some.

Aliviado: relieved.

Allí: there.

Almacenar: to stock.

Al menos: at least.

Alquiler: rental.

Alumbrar: to light.

Amanecer: dawn.

Ambos: both of them.

Amigo/a: friend.

Amor: love.

Amor a primera vista: love at first sight.

Anciano/a: elder.

Animar: encourage.

Anoche: last night.

Antepasado/s: ancestors.

Antes: before.

Antigua/s: ancient.

Anunciar: announce.

Anuncio:ad.

Apagar: to turn off.

Aparecer: to appear.

Apertura: opening.

Apoyarse: to lean on.

Aprendiz/ aprendices: apprentice/apprentices.

Arrepentirse: to regret.

Arroz/ arroces: rice/s.

Arándano/s: blueberry/blueberries.

Asegurar: to guarantee.

Asomar: to show.

Aspecto fantasmal: ghostly appearance.

Asustado: scared.

Así: like this.

Atención: attention.

Atento/a: attentive.

Atreverse a (+infinitivo): to dare to (+infinitive).

Aunque: but.

A veces: sometimes.

Aventurarse: to venture.

Ayer: yesterday.

Ayudar: to help.

Azul: blue.

Azul intenso: blue intense.

Azul verdoso: greenish blue.

Año: year.

Aún: still.

B

Baldosa/s: tile/s.

Banco de madera: wood bench.

Bandeja/s:tray/s.

Barata: cheap.

Barca/s: boat/s.
Bastón: walking stick.
Batería: battery.
Bañarse: to have a bath.
Biblioteca: library.
Bicicleta: bicycle.
Blanca: white.
Bolsillo: pocket.
Bolso: handbag.
Bonito: beautiful.
Bota: boot.
Bravo: bravo.
Brazo: arm.
Brillar: shine.
Brillo: brightness.
Brusquedad: suddenness.
Buenas tardes: good afternoon.
Buenos días: good morning.
Buhardilla: attic.
Buscar: to search.

C

Cacao: cocoa.
Caer: to fall.
Café: coffee.
Caja/s: box / boxes.
Cajones: drawers.
Calcetín: sock.
Callarse: to shut up.
Calle: street.

Calmarse: to calm down.

Calzar: to wear.

Cambiar de ropa: to change clothes.

Cambio de actitud: to change of actitud.

Caminar por la playa: to walk on the beach

Canción: song.

Candado padlock.

Candelabro/s: candlestick/s.

Cansado: tired.

Capítulo: chapter.

Carcomida: carpenter.

Cargar la batería: to charge the battery.

Carne: meat.

Carraspear: to hawk.

Carta: letter.

Cartón: paperboard.

Casa: home.

Catástrofe: catastrophe.

Causante causative.

Centro: center.

Centro del jardín: garden center.

Centro de salud: clinic.

Cerca: close.

Cercana: nearby.

Cereal: cereal.

Cerrado: closed.

Cerrar: to close.

Cesar: to cease.

Charcos: puddles.

Chillar: to scream.

Chimenea: chimney.

Chiquillo: kid.

Chirriar: to squeak.

Chocolate: chocolate.

Chupar: to suck.

Cielo: heaven.

Cine: cinema.
Citar: to make an appointment.
Cobrar: to charge.
Coche: car.
Cocina: kitchen.
Coger: to take.
Coincidencia: coincidence.
Colocar: to place.
Color/es: color/s.
Comer: to eat.
Comida: food.
Cómo: how.
Compartimento: compartment.
Compartimento secreto: secret compartment.
Complicarse: to complicate.
Comprar: to buy.
Comprobaciones: checks.
Conchas: shells.
Conclusión: conclusion.
Condenado: condemned.
Confianza: trust.
Confundirse: to get confused.
Conmigo: with me.
Conocer: to know.
Conocer de memoria: to know by heart.
Consumo: consumption.
Contar: to tell.
Contigo: with you.
Continuar: to continue.
Convencido: convinced.
Corazón: heart.
Correr: to run.

Correr prisa: to be a hurry.
Corriente eléctrica: electric current.
Costa: coast.
Creer: to believe.
Cristal: crystal.
Cuadro eléctrico: distribution panel.
Cuadro/s: painting/s.
Cuando: when.
Cuarto: room.
Cubos: cubes
Culto: cultured.
Cumpleaños: birthday.

D

Dar golpes: to hit.
Dar parte de: to report.
Dar problemas: to be inconvenient.
Darse cuenta: to realize.
Darse prisa: to hurry up.
Datos: data.
Decidirse: to decide.
Decir: to say.
Defender: to defend.
Dejar opción: to leave option.
Dejar pasar: to let pass.
Delante: in front.
Deliciosas: delicious.
Demasiado: too.
Dentro: inside.
De repente: suddenly.

Desaparecer: to disappear.

Desaparecida: disappeared.

Desaparición: disappearance.

Desastre: disaster.

Desatar (tormenta): to unleash (storm).

Desayunar: to have breakfast.

Descubrir: to discover.

Descuido: neglect.

Desde: since.

Deslumbrar: to dazzle.

Despegar: to remove.

Despertar: to wake.

Destinatario: addressee.

Deterioro: deterioration.

Devolver: to give back.

Día: day.

Dibujar: to draw.

Diferente: different.

Dinero: money.

Dios: God.

Dirigirse hacia: to head for.

Disimular: to hide.

Distinta: different.

Doblada: bent.

Doler la cabeza: to have a headache.

Donde: where.

Dónde: where.

Dormir: to sleep.

Doña: Mrs.

Duda: doubt.

Dudar: to doubt.

Dueño: owner.

Dueño actual: current owner.
Durante: during.

E

Echar a reír: to start laughing.
Echar una carta: to post.
Empezar a (+infinitivo): to start (+ infinitive).
Empleada: employee.
Empobrecidas: impoverished.
En realidad: actually.
Enamorarse: to fall in love.
Encantada: enchanted.
Encantamiento: enchantment.
Encantar: to love.
Encargado de la línea eléctrica: in charge of the electric line.
Encendedor: lighter.
Encender la luz: to turn on the light.
Enchufar: to plug in.
Encontrar: to find.
Enderezar: to straighten.
Enfadada: angry.
Enferma: sick.
Enfrentarse: to face.
Enfrente: in front.
Enigma: enigma.
Entender: to understand.
Entonces: so.
Entrar: to get in.

Entregar: deliver:
Época: age.
Escalera: stairs.
Escalofrío: chill.
Escaparate: showcase.
Escaparse: to escape.
Escarbar: to scratch.
Escaso: little.
Esconder: to hide.
Escribir: to write.
Escuchar: to hear.
Esfumarse: to vanish.
Espantosa: dreadful.
Esperanza: hope.
Esperar: to wait.
Esquinas: corners.
Estación del año: season.
Estancia: room.
Estantería: shelving.
Estar: to be.
Estar a punto de llegar: to be about to arrive.
Estar seguro: to be sure.
Estudiar: to study.
Estudio de pintura: painting studio.
Estudios: studies.
Estándar: standard.
Excepto: to except.
Exclamar: to exclaim.
Excéntrico: eccentric.
Exhausto: exhausted.
Éxito: success.
Experiencia: experience.

Explotar: to explode.
Extender la mano: to hold out your hand.
Extrañada: missed.

F

Factura/s: bill/s.
Faenar: to fish.
Fallecer: to die.
Faltar: to lack.
Faltar a una cita: to not attend an appointment.
Familia/s: family/families.
Fantasma: ghost.
Farero: lighthouse-keeper.
Faro: lighthouse.
Fatal: fatal.
Fecha/s: date/s.
Feliz: happy.
Fijamente: fixedly.
Fila: row.
Finales de: finals of.
Firme: firm.
Flotadores: floats.
Forastero: stranger.
Forma: shape.
Formulario cumplimentado: completed form.
Forradas: lined.
Fotografía/s: photograph/s.
Foto/s: photo/s.
Frase: sentence.

Frente: front.
Frío: cold.
Fuente: source.
Fuera: outside.
Fuerza: force.
Funcionar: to work, to run.

G

Gafas de sol: sunglasses.
Ganas: desire.
Gaviota: seagull.
Gente: people.
Gesto: gesture.
Golpear: to hit.
Gota/s: drop/s.
Goznes: hinges.
Gran: great.
Grande: big.
Gris: grey.
Gruñir: to growl.
Guardar: to keep.
Gustar: to like.
Gustar (+infinitivo): to like to (+infinitive).

H

Habitación: room.
Habladurías: gossip.
Hablar: to talk.

Hace: ago.
Hacer caso: to pay attention.
Hambre: hungry.
Hasta: until.
Hay: there is/ there are.
Hecho/s: act/s.
Helado/s: ice cream/s.
Heredar: to inherit.
Hermano: brother.
Hielo: ice.
Hijo menor: youngest son.
Hijos: children.
Historia: history.
Hogar/es: home/s.
Hombre/s: man/ men.
Horario: schedule.
Hora/s: hour/s.
Hueco de la escalera: stairwell.
Huella/s: footprint/s.
Humedad: humidity.

I

Igual: same.
Igualmente: equally.
Iluminar: to illuminate.
Imaginar: to imagine.
Impacientarse: to get impatient.
Impaciente: impatient.
Imposible: impossible.
Indicar: to indicate.

Inocencia: innocence.
Inquieto: restless.
Insistir: to insist.
Inspeccionar: to inspect.
Intención: intention.
Intentar: to try.
Intento/s: attempt/s.
Interesar: to interest.
Internado: boarding school.
Interrogar: to question.
Interruptor: switch.
Intuir: to intuit.
Invierno: winter.
Invitar: to invite.

J

Jardín: garden.
Jornada de trabajo: workdays.
Joven: young.
Jugar al escondite: to play hide-and-seek.
Junto: nearby.
Juramento: oath.
Justificados: justified.

K

Kilómetro: kilometre.

L

Ladrar: to bark.
Ladrón: thief.
Lágrima/s: tear/s.
Lamento/s: lament/s.
Lamer: to lick.
Lanzar: to throw.
Lavabo: toilet.
Leer: to read.
Lejos: far.
Levantarse: to get up.
Libro/s: book/s.
Lienzo/s: canvas/es.
Limpiar: to clean.
Linterna: torch.
Listo: ready.
Llamar: to call.
Llamar por teléfono: to call by telephone.
Llama/s: flame/s.
Llave: key.
Llavero: key-chain.
Llegar: to arrive.
Llevar: to carry.
Llevarse: to carry off.
Llover: to rain.
Lluvia: rain, downpour.
Loca: crazy.
Lograr: to achieve.
Lucha: fight.
Luminoso: bright.

Luz/luces: light/ ights.

M

Madera: wood.
Maldecir: to curse.
Malo: bad.
Mano/s: hand/s.
Manta: blanket.
Manía: mania.
Mar: sea.
Marco/s: frame/s.
Marfil: ivory.
Marinero: sailor.
Marisco: shellfish.
Mar revuelta: rough sea.
Mañana: tomorrow.
Mañanas: mornings.
Mechero: lighter.
Medicina: medicine.
Mentalmente: mentally.
Mentir: to lie.
Mermelada: jam.
Mesa: table.
Mes/es: month/s.
Meterlo: to put it.
Meterse por: to place into, to get into.
Metido en un lío: to got into a mess.
Miedo: fear.
Miedosa: fearful.
Mientras: while.

Mirada: look, glance.
Mirar: to look.
Mojada: swet.
Mojar: to wet.
Momento: moment.
Moneda/s de oro: gold coin/s.
Mostrador: counter.
Mover: to move.
Muchas gracias: thank you very much.
Mucho: a lot.
Muebles: furniture.
Mujer: woman.
Mundo: world.

N

Nada: nothing
Nadie: no one.
Navaja: razor.
Nervioso: nervous.
Nevera: fridge.
Ningún: none.
Noche: night.
Nombre: first name.
Notar: to notice.
Novios: couple.
Nube: cloud.
Nuevo/s: new.

O

Objetos: objects.
Ocasión: chance.
Oculta: to hide.
Oculto: hidden.
Ocurrir: to occur.
Oficina de Correos: post office.
Ofrecer: to offer.
Ojalá: hopefully.
Ojo/s: eye/s.
Ola/s: wave/s.
Oler: to smell.
Olivo: olive.
Olor: odor.
Olvidar: to forget.
Oponerse: to stand against.
Orilla: shore.
Oscuras: dark.
Oscurecerse: to get dark.
Otoño: autumn.

P

Padre: father.
Pagar el alquiler: to pay the rent.
Palabra: word.
Palas de juguete: toy shovels.
Palidecer: to pale.
Papele/s: paper/s.
Par: pair.

Para: for.
Parece que: it seems that.
Pared/es: wall/s.
Pasear: to take a walk.
Pasillo: corridor.
Pasta: paste.
Pastilla: tablet.
Pata: paw, leg.
Pañuelo: handkerchief.
Pecho: chest.
Pelo blanco: white hair.
Pelota/s: ball/s.
Película/s: film/s.
Pena: pain.
Pensamiento: thought.
Pequeño: small.
Perder: to lose.
Perfecto: perfect.
Pero: but.
Perro: dog.
Persona/s: person/ people.
Pertenecer: to belong.
Períodos: periods.
Pesar: to weigh.
Pesca: fishing.
Pescado: fish.
Pescadores: fishermen.
Piano: piano.
Piedra: stone.
Pintar: to paint.
Pintor: painter.
Piso de arriba: upstairs.

Piso/s: floor/s.
Plato: dish.
Playa: beach.
Pobre: poor.
Pocas: few.
Poco: little bit.
Policía: police.
Pomo/s: knob/s.
Ponerse (colocar): to put, to place.
Por favor: please.
Porque: because.
Por qué: why.
Posible: possible.
Preferir: to prefer.
Pregunta: question.
Preocupado: worried.
Preparar: to prepare.
Primavera: spring.
Primero: first.
Principios de mes: beginning of the month.
Prisa: hurry.
Producir: to generate.
Prometer: to promise.
Pronto: soon.
Propietario: owner.
Proyectar: to project.
Próximo: next.
Pueblo: town.
Puerta: door.
Puerta de la entrada: entrance door.
Pues: well.
Pulsera: bracelet.

Q

Qué: what.
Quedar: to remain.
Quedar a la deriva: to stay drifting.
Quedar en tierra: to remain in earth.
Quedarse: to stay.
Quedarse quieto: to stay still.
Querer: to want.
Querido: dear.
Quince: fifteen.
Quitarse (ropa): to get undressed.

R

Raro: rare.
Rasgar: to rip.
Rato: a little while.
Razón: reason.
Recibir: to receive.
Recordar: to remember.
Recorrer: to travel.
Recuerdo: memory.
Redonda: round.
Regalo: present.
Regresar: to return.
Relato: story.
Reloj: clock.
Reloj de cuco: cuckoo clock.

Relámpago: flash of lightning.
Remarcar: to remark.
Remitente: sender.
Remontarse: to go back to.
Reparación: repair.
Reparar: to repair.
Resguardo: guard.
Resistirse: to resist.
Respirar: to breathe.
Responder: to answer.
Resultar ser cierto: to prove to be true.
Resumen: summary.
Rezar: to pray.
Rica: delicious.
Roble: oak.
Rodilla/s: knee/s.
Roto/a: broken.
Ruido: noise.
Rumor: rumor.
Rápido: quick.

S

Saber: to know.
Saco/s: bag/s.
Salir: to leave.
Salir a pescar: to go fishing.
Saltar: to skip.
Salvar: to save.
Salón: living room.
Sanos y salvos: safe and sound.

Seguir la corriente: to go with the flow.

Según: according.

Semana: week.

Semana Santa: Easter.

Sencilla: simple.

Sencillamente: simply.

Sentada: sitting.

Sentarse: to sit down.

Sentir: to feel.

Septiembre: September.

Ser: to be.

Ser atendido: to be attended.

Ser cierto: to be true.

Seria: serious.

Ser sincero: to be honest.

Servicio: service.

Servilleta: napkin.

Servir el café: to serve coffee.

Señal: signal.

Señor: Mr.

Siempre: always.

Silla/s: chair/s.

Sillón: armchair.

Sitio (lugar): site (place).

Sobresalir: to standing out.

Sobresaltar: to shock.

Sol: sun.

Solo: alone.

Solucionado: solved.

Sombra/s: shade/s.

Sombrilla/s: umbrella/s.

Sonreír: to smile.

Sopapo: slap.
Sorprender: to surprise.
Sospechar: to suspect.
Sótano: basement.
Subir: to go up.
Subsuelo: subsoil.
Suelo: floor.
Suerte: luck.
Sueño/s: dream/s.
Susto: scare.

T

Tabla: table.
Tablón: plank.
También: as well.
Tampoco: neither.
Tardar: to be late.
Tardes: afternoons.
Taza de café: cup of coffee.
Taza de porcelana: porcelain cup.
Teja/s: roof tile/s.
Tela: cloth.
Temblorosa: trembling.
Temer: to fear.
Temor: fear.
Temporal: rough weather.
Temprano: early.
Tener: to have.
Tener miedo: be afraid.
Tener prisa: to be in a hurry.

Tener que: to must.

Tener tiempo libre: to have free time.

Tenue: faint.

Terciopelo: velvet.

Terrateniente: landowner.

Tienda: store.

Timbre: doorbell.

Tiritar: to shiver.

Toalla/s: towel/s.

Tocar: to touch.

Todavía: still.

Todos: everybody.

Tomar un café: to drink coffee.

Tono: tone.

Torcer la cabeza: to twist the head.

Tormenta: storm.

Tostada/s: toast/s.

Trabajar: to work.

Traer: to bring.

Traje: suit.

Tranquila: quiet.

Trapo: cloth.

Tratar de : to be about.

Tripa/s: gut/s.

Triste: sad.

Tristeza: sadness.

Triunfante: triumphant.

Tropezar: to trip on.

Trozo/s: chunk/s.

Trueno: thunder.

Tubería/s: pipeline/s.

Turista/s: tourist/s.
Turno: turn.

U

Último: last.
Umbral de la puerta: door threshold.
Urgente: urgent.

V

Vacaciones: holidays.
Vacía: empty.
Valenciana: Valencian.
Varias: several.
Vela/s: candle/s.
Vender: to sell.
Venir: to come.
Venta de pescado: fish sale.
Ventanal: picture window.
Ventana/s: window/s.
Ventanilla: window, pane.
Ver: to see.
Veranear: to spend the summer.
Verano: summer.
Ver películas: to watch movies.
Vestir: to wear.
Viaje: travel.
Vibrar: to vibrate.
Vida: lifetime.

Viejo: old.
Viento: wind.
Visitar: to visit.
Vivir: to live.
Vocación: vocation.
Voladizo: cantilever.
Volver: to return.
Volver loco: to go crazy.
Volver oscura: to go back dark.
Voz: voice.

W

X

Y

Z

Zarandear: to shake.

LÉXICO Y GRAMÁTICA/ LEXICON AND GRAMMAR

Verbo ser y estar/ To be

Verbo ser (presente)

Yo soy
Tú eres
Él/Ella (Usted) es
Nosotros somos
Vosotros sois
Ellos son

Usos verbo ser

1.- Cualidades (permanentes) de personas o cosas.

María es morena.

La casa es grande.

La bicicleta es roja.

La niña es inteligente.

2.-Nombre, profesión, nacionalidad:

Mi nombre es María.

Yo soy profesora.

Yo soy española.

3.-Indicar hora, cantidad, precio:

Son las cinco. Hoy es martes.

Esto es mucho. Son 5 litros.

Son 10 euros.

4.- Relación de parentesco:

María y Andrés son hermanos.

Ana y Carmen son primas.

5.- Posesión:

El coche es de Vicente.

El libro es de Pepe.

6.- Material:

La mesa es de plástico.

7.- Eventos:

La fiesta es a las ocho.

Mi cumpleaños es el 15 de agosto.

8.- Creencias, pertenencia a grupo:

Ellos son budistas.

Pepe es del Real Madrid.

Verbo estar (presente)

Yo estoy
Tú estás
Él/Ella (Usted) está
Nosotros estamos
Vosotros estáis
Ellos están

Usos verbo estar

1.- Situaciones y estados no permamentes, que pueden cambiar

a).- Estados de ánimo:

Juan está contento/triste/enfadado/cansado

b).-Estados físicos de las personas o cosas:

La mesa está rota.

La sopa está caliente.

2.-Ubicación:
Yo estoy en clase. Juan está en España.

3.-Estar+gerundio:

Ana está esperando.

Juan está corriendo.

4.- Estar+ adjetivo/participio=Estado de resultado

Estar+adjetivo:

(Yo como la caja de bombones.) Resultado: La caja está vacía.

Estar+participio:

(Tú abres la puerta.) Resultado: La puerta está abierta.

5.- **Estar+ bien:** Ana está bien.

Estar+mal: Juan está mal.

Estructura de las frases/ Structure of phrases

□ Frases afirmativas/ Affirmative sentences

Sujeto(subject) +verbo (verb)+objeto (object) : Juan tiene un lápiz. (Juan has a pencil.)

□ Frases negativas/ Negative sentences

Sujeto+No+verbo+objeto: Juan no tiene un lápiz. (Juan has not a pencil.)

□ Frases negativas/ Interrogative sentences

¿Verbo+sujeto+objeto?: ¿Tiene Juan un lápiz? (Does Juan have a pencil?)

Futuro próximo: IR A+Infinitivo

Se forma con el verbo *ir* en presente y se le añade *a*+ el infinitivo del segundo verbo: indica una acción que se va a realizar pronto/ it indicates an action that will be carried out soon .

Persona	Presente verbo IR	Verbo (ejemplo)
Yo	voy	a conducir
Tú	vas	a cantar
Él	va	a limpar
Nosotros	vamos	a jugar
Vosotros	vais	a cenar
Ellos	van	a estudiar

Estaciones del año/ Seasons

Spring: primavera.

Summer: verano.

Autumn: otoño.

Invierno: winter.

Fruits and Vegetables

Lettuce : lechuga.

Tomatoes : tomates.

Spinach : espinacas.

Carrots : zanahorias.

Onions : cebollas.

Garlic : ajo.

Apples : manzanas.

Bananas : plátanos/bananas.

Oranges : naranjas.

Grapes : uvas.

Pears : peras.

Peaches : melocotones.

Watermelon : sandía.

Potatoes : patatas.

Dairy Products

Milk: leche.
Cheese: queso.

Cream: nata.

Butter: mantequilla.

Yogurt: yogur.

Drinks

Water: agua.
Sparkling water: agua mineral con gas.

Still water: agua mineral sin gas.

Beer: cerveza.

Red wine: vino tinto.

White wine: vino blanco.

Lemonade: limonada.

Soda: refrescos.

Tea: té.

Coffee: café.

Meat and Fish

Meat: carne.

Fish: pescado.

Eggs: huevos.

Seafood: cualquier comida que viene del mar.

Shellfish: marisco.

Chicken: pollo.

Pork: carne de cerdo.

Beef: carne de vaca.

Tuna: atún.

Sardines: sardinas.

Salmon: salmón.

Squid: calamares.

Cod: bacalao.

Hake: merluza.

EXPRESIONES IDIOMÁTICAS/ IDIOMATIC EXPRESSIONS

Amor a primera vista: enamorarse de una persona o de algo en el mismo momento en que conoces a esa persona o a esa cosa./ To fall in love with a person or something at the same time you know that person or that thing. To fall in love at first sight (an instantaneous attraction)

Estar siempre con la misma canción: estar siempre repitiendo lo mismo, insistir en algo constantemente hasta hacerse agotador. / To be always repeating the same thing, to insist on something constantly until it becomes exhausting.

Caer cuatro gotas: llover muy poco./ To rain very little.

En un abrir y cerrar de ojos: hecho que tiene muy poca duración./ Fact that has very short duration.

Hacer de tripas corazón: hacer un gran esfuerzo por superar algo o soportar a alguien./ To make a great effort to overcome something or support someone.

No hacer carrera de alguien: conseguir que otra persona haga algo de provecho en su vida. / To get someone else to do something useful in their life.

Liarse la manta a la cabeza: tomar una decisión y llevarla a cabo sin reparar en las consecuencias o en las dificultades que podemos encontrar./ To make a decision and carry it out regardless of the consequences or difficulties that we can find.

Remover Roma con Santiago: hacer todo lo posible por llevar a cabo algo en lo que se cree. Luchar hasta el final por una firme convicción./ To do everything possible to carry out something that is believed. Fight until the end for a firm conviction.

Venirse el mundo encima: vivir una situación de mucha presión, tanto que uno siente que nada tiene solución./ To live a situation of a lot of pressure, so much so that one feels that nothing has a solution.

Ser de ideas fijas: persona a la cual no es fácil cambiarle su forma de pensar. / Person to whom it is not easy to change his way of thinking.

FRASES HABITUALES/ COMMON PHRASES

• Buenos días: good morning.

• Buenas tardes: good afternnon.

• Buenas noches: good night.

• ¿Cómo estás?: how are you?

• Estoy bien, ¿y tú?: I am fine/good, and you?

• ¿Qué quieres tomar?: what do you want to order? *(Restaurant)*

• ¿Me podrías ayudar?: could you help me? *(Shop)*

• ¿Qué color prefieres?: what colour do you prefer?

• ¿Dónde hay una parada de taxis?: where is a taxi stop? *(Street)*

• ¿Dónde hay una farmacia?: Where is a pharmacy ? *(Street)*

• Yo prefiero + infinitivo: I prefer to + infinitive. (La acción que indica el infinitivo se prefiere sobre otras/ the action indicated by the infinitive is preferred over others)

• Me gustaría + infinitivo: I would like+infinitive.

- Ser+ adjetivo: To be+ adjetive.

- Tener+ sustantivo: To have+noum.

- Parece que: It looks like.

- Poder + infinitivo: to be able to (+infinitive)

- Yo suelo ir a caminar: I usually go to walk

- Yo solía aparcar en esta calle: I used to park in this street.

- Querer + infinitivo: to want to (+infinitive)

- Atreverse a + infinitivo: to dare to (+infinitive)

- ¿Por qué?: why?

- ¿Cuándo?: when?

- ¿Dónde?: where?

- ¿Cómo?: how?

- ¡Qué bien!: great!

- ¡Qué maravilla!: how wonderful!

- ¡Qué asco! it's disgusting!

- ¡Qué susto!: what a fright!

- ¡Qué vergüenza!: How embarrassing!

- ¡Cuidado!: careful!

- ¡Qué va!: no way!

- ¿Qué te cuentas?: what's new?

- ¿De qué lo conoces?: how do you know him?

- ¿Qué hora es?: what time is it?

- ¿Me puede traer…?: could you bring me…? *(Restaurant)*

- ¿Quieres un café?: do you want a coffee? *(Restaurant)*

- ¿Cuánto cuesta este libro?: how much is this book? *(Shop)*

- ¿Te gusta bailar?: do you like to dance?

EJERCICIOS DE COMPRENSIÓN LECTORA/ READING COMPREHENSION EXERCISES

Escoge la respuesta correcta./ choose the correct answer.

Ejercicios de comprensión lectora capítulo uno/ Reading comprehension chapter one exercises

1.-¿Cuántos años tiene Eduardo?

a) Quince.

b) Treinta.

c) Cuarenta.

2.-¿Qué quiere comprar Eduardo?

a) Un coche.

b) Una casa.

c) Una mesa.

3.- ¿Dónde vende Eduardo sus cuadros?

a) En la playa.

b) En la tienda de Mercedes.

c) En la calle.

Ejercicios de comprensión lectora capítulo dos/ Reading comprehension chapter two exercises

4.- ¿Qué rumor hay acerca de la casa?

a) Que en el jardín hay un muerto.

b) Ninguno.

c) Que está encantada.

5.- ¿A qué hora quedan Eduardo y Mercedes?

a) A las cinco.

b) A las doce.

c) A ninguna.

6.- ¿Por qué tiene Eduardo tanta prisa?

a) Porque tiene que ir al médico.

b) Porque va a limpiar la casa.

c) Porque tiene que ir a la oficina de Correos.

Ejercicios de comprensión lectora capítulo tres/ Reading comprehension chapter three exercises

7.- ¿A cuántos kilómetros está el pueblo de al lado?

a) A veinte kilómetros.

b) A diez kilómetros.

c) A cincuenta kilómetros.

8.-¿Cómo va Eduardo hasta allí?

a) En coche.

b) En tren.

c) En bicicleta.

9.- ¿Qué le envía Eduardo a Victoria por su cumpleaños?

a) Una pulsera de conchas.

b) Un cuadro.

c) No le envía nada.

Ejercicios de comprensión lectora capítulo cuatro/ Reading comprehension chapter four exercises

10.- ¿A qué hora llega Mercedes a casa de Eduardo?

a) A las siete.

b) A las cinco.

c) A las doce.

11.- ¿Con qué toman el café?

a) Con salchichas.

b) Con cereales.

c) Con pastas.

12.- ¿Qué hace Eduardo cuando se va la luz?

a) Encender las velas de los candelabros.

b) Encender una linterna.

c) No hace nada.

Ejercicios de comprensión lectora capítulo cinco/ Reading comprehension chapter five exercises

13.- ¿Cuándo ocurre la historia que cuenta Mercedes?

a) Hace dos años.

b) El verano pasado.

c) Un invierno de hace cincuenta años.

14.- ¿Se salvó algún pescador?

a) Sí, se salvaron dos.

b) No, ninguno.

c) Sí, se salvaron todos.

15.- ¿Qué tiene que ver la historia que cuenta Mercedes con la casa?

a) Nada.

b) El fantasma de un marinero ahogado esa noche de temporal se aparece los días de tormenta en la casa.

c) Que en la casa se encontró una caña de pescar.

Ejercicios de comprensión lectora capítulo seis/ Reading comprehension chapter six exercises

16.- ¿Cree Mercedes en la historia del fantasma?
a) No.
b) Un poco.
c) Sí.

17.- ¿Por qué quiere irse Mercedes a su casa, cuando deja de llover?

a) Está preocupada por su perro Bobby.

b) No le gusta el café.

c) Quiere ducharse.

18.- ¿Qué descubre Eduardo cuando vuelve al salón?

a) Que Bobby ya está con Mercedes.

b) Que Mercedes está dormida.

c) Que Mercedes está desaparecida.

Ejercicios de comprensión lectora capítulo siete/ Reading comprehension chapter seven exercises

19.-¿Dónde busca Eduardo a Mercedes?

a) Por la casa.
b) En el jardín.
c) En el bar.

20.- ¿Dónde está el bolso de Mercedes?

a) En la cama.

b) En el lavabo.

c) En el suelo, justo donde lo dejó.

21.- ¿Teme Eduardo que le acusen de la desaparición de Mercedes?

a) No.

b) Sí.

c) No le importa.

Ejercicios de comprensión lectora capítulo ocho/ Reading comprehension chapter eigth exercises

22.- ¿Qué coge Eduardo de casa de Mercedes?

a) Un jarrón.

b) El perro, Bobby.

c) Un libro.

23.- ¿Se encuentra Eduardo con alguien por el camino?

a) Se encuentra con el cartero.

b) No, no se encuentra con nadie.

c) Se encuentra con el panadero.

24.- ¿Por qué Eduardo se acuerda de Victoria?

a) Porque si le acusan de algo, ella le defenderá.
b) Porque la echa de menos.
c) Porque ve por la calle a una mujer muy parecida a ella.

Ejercicios de comprensión lectora capítulo nueve/ Reading comprehension chapter nine exercises

25.-¿Qué hace Bobby cuando llega a casa de Eduardo?

a) Salta, ladra y huele el suelo.

b) Se duerme.

c) Se esconde.

26.- ¿Quién golpea la puerta de casa de Eduardo?

a) Un viejo.

b) Mercedes.

c) Juan, el encargado de la lñinea eléctrica del pueblo.

27.- ¿Dónde esconde Eduardo al perro de Mercedes?

a) En el jardín.
b) En una caja.
c) En un cuarto pequeño que hay junto al salón.

Ejercicios de comprensión lectora capítulo diez/ Reading comprehension chapter ten exercises

28.-¿Dónde encuentra Eduardo a Mercedes?
a) En un bar.

b) En un compartimento secreto.

c) En la farmacia.

29.- ¿Cómo está Mercedes cuando la encuentra?
a) Dormida.

b) Muy asustada.

c) Muy nerviosa.

30.- ¿Qué le prepara Eduardo a Mercedes para desayunar?
a) Un huevo frito.

b) Un bocadillo.

c) Tostadas con mermelada y un chocolate caliente.

Ejercicios de comprensión lectora capítulo once/ Reading comprehension chapter eleven exercises

31.- ¿Para que piensa Eduardo que puede servirle el cuarto secreto?

a) Para guardar sus cuadros.

b) Para guardar la ropa sucia.

c) Para jugar al escondite.

32.- ¿Qué encuentra Eduardo en un saco?

a) Un álbum de fotos.

b) Un libro.

c) Una caja con monedas de oro.

33.- ¿Qué va a hacer Eduardo con las monedas?

a) Repartirlas entre sus amigos.

b) Dárselas a Mercedes.

c) Pagar la casa.

SOLUCIONES A LOS EJERCICIOS DE COMPRENSIÓN LECTORA/ SOLUTIONS TO THE EXERCISES OF READING UNDERSTANDING

1.- b)

2.- b)

3.- b)

4.- c)

5.- a)

6.- c)

7.- b)

8.- c)

9.- a)

10.- b)

11.- c)

12.- a)

13.- c)

14.- b)

15.- b)

16.- c)

17.- a)

18.- c)

19.- a)

20.- c)

21.- b)

22.- b)

23.- b)

24.- a)

25.- a)

26.- c)

27.- c)

28.- b)

29.- a)

30.- c)

31.- a)

32.- c)

33.- c)

AUDIO

Direct link:

https://bit.ly/2Hlm1Dd

Download audio link:

https://bit.ly/2swrzpB

If you have any problem or suggestion write us an email to the following address:

improvespanishreading@gmail.com

Notas/ Notes

Notas/ Notes

Otros títulos de la colección publicados hasta la fecha

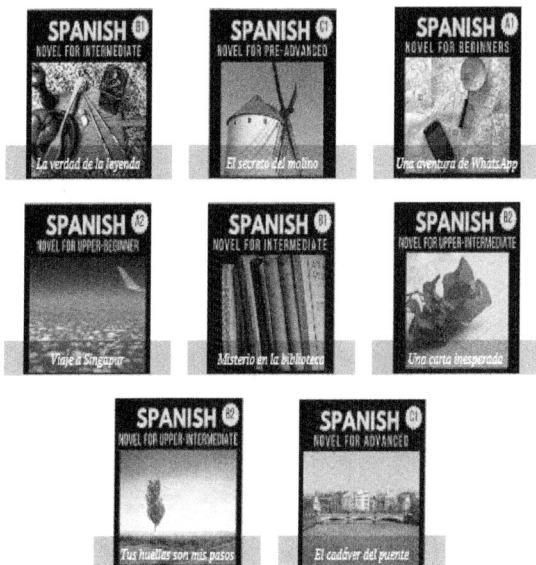

Visita nuestra página web

http://improve-spanish-reading.webnode.es/

Printed in Great Britain
by Amazon